Analyse de l'œuvre

Par Marie-Charlotte Schneider

Les Piliers de la Terre

de Ken Follett

lePetitLittéraire.fr

Rendez-vous sur lepetitlitteraire.fr et découvrez :

Plus de 1200 analyses
Claires et synthétiques
Téléchargeables en 30 secondes
À imprimer chez soi

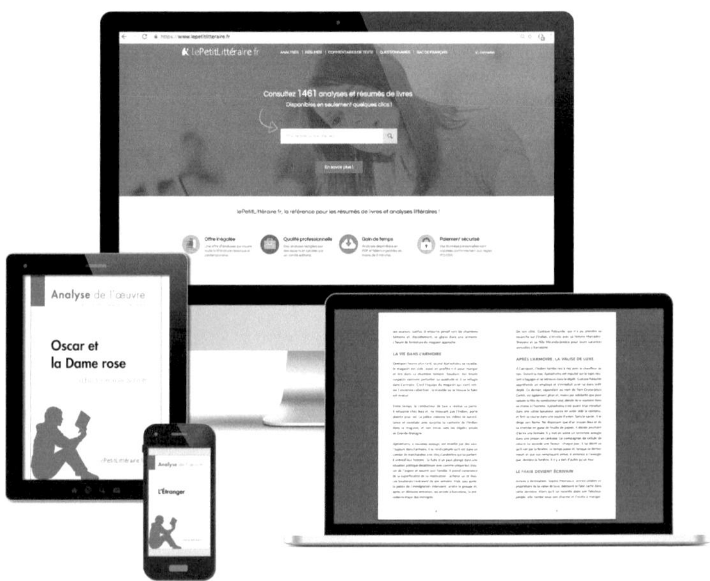

KEN FOLLETT

ÉCRIVAIN GALLOIS

- **Né en 1949 à Cardiff (Pays de Galles)**
- **Quelques-unes de ses œuvres :**
  - *Le Scandale Modigliani* (1976), roman
  - *Les Piliers de la Terre* (1989), roman
  - *La Chute des anges* (2010), roman

Né à Cardiff en 1949, Ken Follett est un écrivain gallois. Diplômé en philosophie, il entame une carrière de journaliste avant de se lancer dans l'écriture. Il se spécialise dans les romans d'espionnage et les romans historiques. Son œuvre la plus célèbre est *Les Piliers de la Terre* (1989), qui connait une suite avec *Un monde sans fin* (2007). Son écriture est soutenue par une importante documentation historique, ce qui apporte de la crédibilité à ses fictions. Avec La *Chute des géants* (2010), Ken Follett a initié une trilogie centrée sur le XXe siècle.

LES PILIERS DE LA TERRE

QUAND FICTION ET HISTOIRE SE RENCONTRENT

- **Genre :** roman historique
- **Édition de référence :** *Les Piliers de la Terre*, traduit de l'anglais par Jean Rosenthal, Paris, Stock, 1990, 480 p.
- **1re édition :** 1989
- **Thématiques :** lutte de pouvoir, histoire de l'Angleterre, complot, trahison, cathédrale

Le roman historique *Les Piliers de la Terre* a valu à Ken Follett sa réputation internationale. En retraçant l'histoire de la construction de la cathédrale fictive de Kingsbridge, l'auteur évoque un demi-siècle de l'histoire britannique. Il mêle pour ce faire la fiction à la réalité historique. Avec ses personnages, il représente différents milieux socioculturels de l'époque et s'aventure tant dans l'univers religieux que dans le séculaire. Le roman connait un succès colossal et est adapté, en 2010, à la télévision.

RÉSUMÉ

En 1123, le peuple assiste à la pendaison d'un homme roux, accusé à tort d'avoir volé un calice. Trois étrangers (un moine, un chevalier et un jeune prêtre) se distinguent du reste de la foule. Une fois l'individu exécuté, une jeune femme enceinte maudit publiquement les trois hommes avant de prendre la fuite. Il s'agit d'Ellen, qui mettra bientôt au monde un petit garçon prénommé Jack.

Tom le bâtisseur construit une maison pour que William Hamleigh, le fils d'un noble local, y vive avec sa future femme, Aliena, la fille du comte de Shiring. Il est accompagné de son épouse, Agnès, et de ses deux enfants, Alfred et Martha. Malheureusement, la jeune fille refuse d'accorder sa main à William Hamleigh, et le chantier de Tom prend fin. William, déshonoré, n'aura de cesse de chercher à se venger par la suite. Quant à Tom, il est obligé de repartir sur les routes avec sa famille. C'est donc à la fois avec joie et crainte pour l'avenir qu'il apprend la grossesse d'Agnès.

Sur la route, la famille est attaquée dans les bois, et Martha est blessée. Tom et les siens rencontrent alors Ellen et son étrange fils, Jack. Celle-ci soigne la jeune fille, mais Agnès ne supporte pas cette femme qu'elle prend pour une sorcière et dont elle soupçonne qu'elle a des vues sur son mari. Elle pousse sa famille à la quitter. C'est donc dans les bois et avec la seule aide des siens qu'Agnès met au monde un fils, puis meurt en couches. Ne sachant pas comment assurer la survie de son enfant, Tom l'abandonne sur la tombe improvisée de sa femme. Pris de remords, il retourne le chercher, mais il ne parvient plus à le retrouver. Peu après, la famille croise à nouveau Ellen et Jack, qui a vu un moine emmener le bébé. Tom ne peut malheureusement plus rien faire pour récupérer son enfant sans avouer qu'il l'a abandonné.

Philip, est le prieur de la communauté de la forêt. Le jour où son frère, Francis, revient avec un bébé trouvé dans la forêt, Philip insiste pour que l'enfant soit confié à Johnny Huit Pence, un moine décrit comme simple d'esprit, mais aimable.

Francis, qui est le chapelain du comte de Gloucester, donne à son frère de funestes nouvelles de la situation en Angleterre : suite à la mort du roi Henry, les tensions sont fortes autour de la succession au trône que le roi a expressément laissé à sa fille, Maud, mais dont Stephen s'est emparé. Une rébellion se prépare pour mener l'héritière au pouvoir, et Bartholomew, le comte de Shiring, est l'un des conspirateurs. Pour protéger les intérêts de l'Église, Francis demande à Philip d'aller à Kingsbridge (dont l'état délétère l'alarme) et d'en avertir l'évêque, mais faute de mieux, le religieux en informe l'archidiacre de Kingsbridge, l'ambitieux Waleran Bigod. Ce dernier prévient les Hamleigh de la conspiration. En y mettant fin, ceux-ci ont l'opportunité de s'attirer la reconnaissance de Stephen, mais également de prendre possession du comté de Shiring et de venger le déshonneur qu'Aliena a infligé à William en renonçant au mariage.

Tom – qui s'est fait embaucher à Shiring –, sa famille et ses compagnons de voyage, Ellen et Jack, sont témoins de l'arrestation du comte. Par ailleurs, c'est là que se rencontrent les trois enfants et Aliena. Après l'attaque de Shiring par les Hamleigh, Percy Hamleigh prend possession du comté, et Bartholomew est emprisonné à Winchester. Lorsque William apprend qu'Aliena et son frère Richard se trouvent encore au comté, il décide de s'y rendre et viole Aliena tandis que son compagnon, Walter, coupe l'oreille de Richard. Mais les deux victimes parviennent à s'enfuir et arrivent à Winchester pour faire leurs adieux à leur père avant son exécution.

En chemin, Philip et l'archidiacre croisent Tom et sa famille, ainsi qu'Ellen et Jack. La vue d'Ellen trouble manifestement Waleran. De retour au prieuré de Kingsbridge, Philip se désole de son état et, à la mort du prieur James, il lui succède, avec le soutien de Waleran, en échange de son aide pour que ce dernier devienne évêque.

Tom emmène sa famille à Kingsbridge, dans l'espoir de pouvoir restaurer la cathédrale. Il y retrouve Philip et découvre son fils abandonné, prénommé Jonathan, dans les bras de Johnny Huit Pence. Toutefois, le prieur n'a pas les fonds nécessaires pour les travaux. Jack décide alors secrètement de mettre le feu à l'édifice pour que la restauration soit jugée nécessaire, permettant ainsi à sa nouvelle famille de rester en ville. Malheureusement, lors d'une visite, l'évêque Waleran accuse Ellen d'être une sorcière et tous découvrent qu'elle n'est pas l'épouse de Tom. Elle est donc forcée de quitter le prieuré avec son fils.

Tom a commencé à dessiner les plans de la nouvelle cathédrale, mais Philip n'a toujours pas assez d'argent pour en assurer la construction alors que Waleran se fait bâtir un nouveau palais. Malgré les jeux de pouvoir et les trahisons, l'édification de la cathédrale commence tant bien que mal. Philip doit précipiter les travaux avant la visite d'Henry, le potentiel nouvel archevêque de Canterbury. Les villageois l'aident dans son entreprise.

De son côté, Aliena fait la connaissance de Philip : alors qu'elle se lance dans le commerce de la laine, Philip est son seul client. Respectant sa promesse, Ellen revient auprès de Tom. Jack revoit alors Aliena et tombe définitivement amoureux d'elle.

Quelques années plus tard, la guerre civile éclate entre Stephen et Maud qui prétendent tous deux être l'héritier légitime du trône d'Angleterre, toujours détenu par Stephen. William apprend le décès de son père, qui était devenu comte de Shiring à la mort de Bartholomew. Par conséquent, il acquiert à son tour ce titre, bien qu'Aliena déclare que le comté revient légitimement à son frère Richard, qui combat désormais lui aussi pour Stephen.

Le prieuré de Kingsbridge prospère, et la construction de la cathédrale avance, malgré les embuches semées par les Hamleigh et Waleran. Jonathan grandit sous les yeux de Tom qu'il ignore toujours être son père. Sous le patronage de Tom, Jack, le fils d'Ellen, est, quant à lui, devenu un artisan et un sculpteur de talent. L'attention que Tom porte à ce dernier attise la rivalité entre le jeune homme et Alfred, le fils de Tom, rivalité renforcée par la proximité naissante entre Jack et Aliena. Suite à une bagarre entre les deux jeunes hommes, Tom est contraint de renvoyer Jack. Mais celui-ci décide de rester au couvent pour devenir moine, malgré la désapprobation de sa mère.

La concurrence du marché de Kingsbridge fait du tort à celui de Shiring, et les finances du comté vont mal. William tente alors de les redresser en semant la terreur. Après avoir essayé de faire interdire le marché de Kingsbridge, William y mène une attaque qui conduit à la destruction du commerce d'Aliena et à la mort de Tom le bâtisseur.

Alfred persuade alors Philip de le nommer maitre bâtisseur pour remplacer son défunt père et demande la main d'Aliena. Ruinée par la destruction de son commerce, la jeune femme accepte de l'épouser afin de récupérer le comté de Shiring. À cette annonce, Jack est pris de folie et est enfermé au cachot par Philip. Ellen – qui connait ce cachot car elle y a conçu Jack avec un trouvère prisonnier – l'aide à s'en échapper. Il retrouve Aliena avec laquelle il passe une nuit d'amour. Malgré cela, la jeune femme reste décidée à épouser Alfred et Ellen maudit leur union. Jack décide alors de partir en voyage. Lors de la nuit de noces, Alfred est incapable de consommer son mariage. Humilié, il force son épouse à dormir par terre. Rapidement, celle-ci se découvre enceinte de Jack et cache sa grossesse à son mari.

Lors de la célébration de la Pentecôte dans la cathédrale de Kingsbridge, la voute de pierre construite par Alfred s'effondre sur les fidèles, tuant soixante-dix-neuf personnes. Piégée sous les décombres, Aliena donne naissance à un enfant roux. Lorsqu'Alfred découvre sa femme et le bébé, il les chasse. Sur le conseil d'Ellen, Aliena décide de partir à la recherche de Jack. Après un long périple, elle le retrouve et lui présente son fils : ils décident de l'appeler Tommy. Jack retrouve par la suite la trace de son père et rencontre sa famille, à Cherbourg.

Tous trois reviennent à Kingsbridge. Ils mettent en scène un faux miracle à l'aide d'une statuette de la Vierge, ce qui offusque Philip, avant qu'un véritable miracle ne se produise. Cela a pour effet de ramener de l'argent et de remettre en marche la construction de la cathédrale. Philip accepte que Jack devienne maitre bâtisseur, mais exige que lui et Aliena, qui attendent leur second enfant, vivent séparés tant qu'ils ne sont pas mariés. Malheureusement, la route vers le mariage est semée d'embuches : Waleran fait tout pour empêcher l'annulation de sa première union avec Alfred. La situation s'améliore à la mort de ce dernier, tué par Richard pour protéger sa sœur. Le mariage peut donc avoir lieu, et Richard part en croisade afin d'éviter d'être arrêté par William, devenu shérif.

Quinze ans plus tard, la cathédrale est achevée, et Kingsbridge est devenue une ville prospère. Lors de sa consécration, Waleran accuse Philip d'être le père de Jonathan, mais il est jugé non coupable grâce à l'intervention d'Ellen. Celle-ci révèle par ailleurs que le prieur James, Waleran et Percy Hamleigh ont accusé à tort et pendu Jack Shareburg, le père de Jack, contre récompense. Ce dernier était le seul témoin du complot mené pour éliminer le fils du roi.

On retrouve plus tard, l'archevêque de Canterbury, Thomas Becket, en exil pour s'être opposé à Henry, le nouveau souverain et fils de Maud. Mais un groupe dirigé par William assassine l'archevêque. Philip, présent sur les lieux au moment du meurtre et porté par l'indignation populaire, fait de Becket un martyr. Quant au meurtrier, il est arrêté par Tommy, le fils d'Aliena. Waleran a, pour sa part, été nommé évêque de Kingsbridge. Richard ayant été tué en Syrie, Tommy devient comte de Shiring et William est exécuté pour son crime. Waleran, vieux et rongé par le remords demande à être réintégré comme un simple moine de Kingsbridge et raconte à Jack la vérité sur la mort de son père. Sous la pression du pape, Henry se repent et est puni symboliquement.

ÉTUDE DES PERSONNAGES

Les personnages des *Piliers de la Terre* peuvent schématiquement se classer en deux groupes qui s'opposent :

- d'une part on trouve les personnages gravitant autour du prieuré de Kingsbridge et œuvrant pour la construction de la cathédrale ;
- d'autre part on trouve les puissants et les ambitieux œuvrant pour leurs intérêts personnels et posant des obstacles à la construction de la cathédrale.

LE GROUPE DE KINGSBRIDGE

Jack Jackson

Jack Jackson, c'est-à-dire Jack « fils de Jack » si l'on traduit son nom, est le personnage central du roman. Jeune homme, encore enfant au début du livre, il est élevé par sa mère, Ellen. Tous deux vivent dans les bois tels des hors-la-loi. Il tombe amoureux d'Aliena presque au premier coup d'œil, mais de nombreux obstacles s'opposent à leur amour, et plus encore à leur mariage.

Grâce à Tom, il apprend à travailler la pierre. En plus d'être un sculpteur talentueux, il devient maitre bâtisseur et achève de construire la cathédrale de Kingsbridge, l'œuvre de Tom. Jeune garçon timide et peu sociable au départ, Jack finit par se construire une vie dont beaucoup ont rêvé.

Aliena

Jeune fille volontaire et têtue au début du récit, Aliena est la fille de Bartholomew, le comte de Shiring. Elle décide, avec le soutien de son père, de refuser d'épouser William Hamleigh, ce qui lui vaut de s'en faire un ennemi féroce. Livrée à elle-même après l'arrestation de son père pour trahison et son viol par William Hamleigh, elle s'enfuit avec son frère et promet à son père de récupérer le comté à tout prix.

Mariée à Alfred par obligation après avoir été ruinée, elle met au monde l'enfant de Jack et part à sa recherche. Après de nombreuses épreuves, elle finit par fonder une famille heureuse avec Jack et leurs deux enfants. Elle parvient à faire de son fils Tommy le comte de Shiring et honore, de ce fait, la promesse faite à son père.

Tom le bâtisseur

Tom le bâtisseur est le père de Martha et d'Alfred, et est marié à Agnès, qui meurt en mettant au monde son troisième enfant. De peur de ne pouvoir le nourrir, il abandonne le bébé, qui est recueilli au monastère de Kingsbridge. Il est désormais appelé Jonathan.

Pour accomplir son rêve (bâtir une cathédrale à la gloire de Dieu), Tom délaisse un emploi stable à Exeter et n'hésite pas à emmener sa famille sur les routes à la recherche d'un nouveau travail. Compétent et passionné, Tom se révèle être un bâtisseur talentueux, mais aussi un gestionnaire qualifié et diplomate. Sa relation avec Ellen, dont la rencontre est proche de la mort de sa femme, est parfois tumultueuse, mais l'aide à reprendre gout à la vie et à se concentrer sur son projet.

Ellen

Ellen est la mère de Jack. Fille d'un riche propriétaire, elle est très cultivée et connait l'anglais, le français et le latin. Son père l'a envoyée au couvent, où elle a rencontré fortuitement Jack Shareburg, un naufragé, dont elle est tombée amoureuse. Tous deux ont conçu un enfant alors que Jack était emprisonné et sur le point d'être exécuté. Ellen a alors lancé une malédiction sur les hommes responsables de la mort de son bienaimé, ce qui lui a valu d'être accusée de sorcellerie et de devoir vivre dans les bois comme une hors-la-loi. Plus tard, elle tombe rapidement amoureuse de Tom et lui confie son fils pour qu'il apprenne le métier de bâtisseur. Parfois excessive, elle n'en est pas moins de bon conseil et aide notamment Aliena et Jack à se réunir enfin.

Le prieur Philip

Philip est devenu moine par la force des choses. À la mort de ses parents, assassinés devant lui, il a été pris en charge par un homme d'Église, puis confié au prieur James. Il respecte scrupuleusement ses vœux de moine. Seul un péché le menace : l'ambition. Philip ne peut en effet se cacher qu'il est fier d'être devenu prieur et qu'il souhaite la construction d'une cathédrale impressionnante dans son prieuré. Malgré sa grande bonté, il est très exigeant avec les autres, mais aussi avec lui-même.

LE GROUPE DES PUISSANTS

Waleran Bigod

Le père Waleran Bigod est un homme d'Église à l'ambition dévorante. Archidiacre au départ, il se hisse à la fonction d'évêque de Kingsbridge et ambitionne de devenir archevêque de Canterbury à la suite de Thomas Becket. Cette ambition l'a poussé, plusieurs années auparavant, à faire accuser à tort et à exécuter Jack Shareburg, seul témoin du sabotage du navire *La Blanche-Nef*, dont le naufrage a causé la mort de l'héritier du trône. Ellen le maudit pour cette raison. C'est cette histoire qui cause sa perte lorsque Jack l'accuse publiquement. Waleran finit sa vie en tant que simple moine.

William Hamleigh

Fils de Lord Percy Hamleigh et de sa femme Regan, William est un jeune noble impétueux. Il désire épouser Aliena qui se refuse à lui. Celle-ci l'obsède et, après avoir fait tomber Bartholomew, il viole la jeune femme. Son obsession perdure néanmoins et il fait tout son possible pour lui causer du tort, ainsi qu'à ceux qui lui sont proches. Pour arriver à ses fins, il n'hésite jamais à utiliser la violence. L'attaque qui cause la mort de l'archevêque de Canterbury provoque sa perte, puisqu'il est arrêté par le fils d'Aliena et est exécuté.

LES AUTRES PERSONNAGES

Alfred

Alfred est le fils ainé de Tom et d'Agnès. Peu intelligent,

son personnage est caractérisé par sa jalousie envers Jack que Tom traite comme un fils. Tous deux aiment aussi la même femme, Aliena. Alfred épouse cette dernière tout en sachant qu'elle n'éprouve aucun sentiment à son égard. C'est un homme relativement cruel qui se laisse aveugler par sa haine. Il est tué par Richard alors qu'il tente d'abuser d'Aliena après leur divorce.

Richard

Richard est le deuxième enfant du comte de Shiring, Bartholomew. Il est destiné à reconquérir le titre que portait son père. Il se repose énormément sur sa sœur pour atteindre son objectif et attend même d'elle qu'elle sacrifie son bonheur en épousant Alfred pour financer son train de vie de chevalier. Après avoir tué Alfred pour l'empêcher de violer Aliena, il est forcé de partir en croisade et est tué lors d'un tremblement de terre en Syrie.

CLÉS DE LECTURE

LE FIL ROUGE : LA CATHÉDRALE DE KINGSBRIDGE EN CONSTRUCTION

Le rêve de Tom, construire une cathédrale, structure tout le récit et constitue le fil rouge des *Piliers de la Terre*.

Il structure tout d'abord le système des personnages puisque la plupart sont soit des adjuvants au projet, soit des opposants. Tom le bâtisseur en est bien sûr le héros et Jack le deviendra à sa suite. Il n'est pas non plus anodin qu'Alfred, qui n'est pas présenté positivement, notamment lorsqu'il force Aliena à l'épouser, soit celui qui, sûr de lui, formule un plan trop ambitieux de voute en pierre à l'origine d'une catastrophe qui manque de ruiner le projet dans son ensemble. En effet, suite à l'effondrement, la construction de la cathédrale est arrêtée jusqu'à ce que Jack reprenne les rênes du projet.

La construction de la cathédrale est aussi le principal enjeu de la lutte qui oppose le prieur Philip et ses compagnons de Kingsbridge à Waleran Bigod, qui s'adjoint l'aide de la famille Hamleigh. Cette dernière se sent encore plus impliquée dans le conflit lorsque Percy devient comte de Shiring : la cathédrale augmente la fréquentation du marché de Kingsbridge au détriment de celui de Shiring. Pour William, cela signifie aussi qu'Aliena a la possibilité de s'enrichir alors qu'il ne souhaite que son malheur. Les tentatives de Waleran et des Hamleigh pour empêcher l'édification de la cathédrale relèvent autant de la manipulation et du trafic d'influence que de la violence pure – qui est le fait des initiatives de William.

Ensuite, les victoires et les défaites qui ponctuent l'avancement de sa construction ont toujours un impact fort dans la vie des personnages. Entre autres exemples, Tom est tué lors d'une attaque de William destinée à stopper toute activité de construction à Kingsbridge, et Jack trouve son accomplissement professionnel en prenant la suite de celui qui a fait office de mentor, voire de père.

Enfin, généralement, la narration connait des phases d'accélération pendant les périodes où la construction s'accomplit sans encombre. À l'inverse, le temps de la narration se fait plus lent dans les étapes difficiles, lorsque les heurts sont nombreux. Outre l'envie d'aiguiser l'attention du lecteur, c'est sans doute une volonté de la part de l'auteur de montrer à quel point une entreprise de cette ampleur était lente et tributaire des puissants et de leurs luttes politiques. De l'évocation du mauvais état de la précédente cathédrale et de sa destruction par Jack, au début du roman, à la consécration finale de la cathédrale gothique, ce thème traverse le roman de part en part et en constitue ainsi le fil rouge.

LES LUTTES DE POUVOIR : LA FORCE DES MOINS PUISSANTS

La construction de la cathédrale de Kingsbridge cristallise une lutte de pouvoir. En caricaturant un peu, on peut considérer que cette lutte oppose les puissants que sont la famille Hamleigh et Waleran à des personnes plus modestes et au caractère plus modéré, à savoir le prieur Philip, Tom, Aliena, Jack et, pour d'autres raisons, Ellen. Les puissants agissent principalement pour leurs intérêts personnels :

- Waleran refuse que des fonds soient consacrés à la construction de la cathédrale car il veut les utiliser pour se faire bâtir un nouveau palais. Peu à peu, son désir de réussite sociale se meut en conflit personnel avec le prieur Philip dont il ne peut accepter la réussite ;
- les Hamleigh se joignent à Waleran, dans un premier temps, car celui-ci leur a promis le comté de Shiring en échange de leur aide, comme il l'avait déjà fait pour provoquer le naufrage de *La Blanche-Nef*. Une fois maitres du comté, ils s'opposent à Kingsbridge car l'expansion du prieuré entrave la leur ;
- William Hamleigh, quant à lui, a une raison supplémentaire de vouloir la déchéance de Kingsbridge. Elle signifie aussi pour lui la destruction d'Aliena à qui il voue une haine obsessionnelle.

Les autres protagonistes répondent à un intérêt plus collectif : celui de l'accomplissement d'un projet commun. Contrairement aux puissants, ils n'usent pas de la manipulation à tout va. Il est d'ailleurs significatif que lorsque le prieur Philip s'allie aux Hamleigh pour contrer Waleran, le résultat en est désastreux puisque les Hamleigh ne tiennent pas parole et lui interdisent l'accès à la carrière de pierre. Pourtant, et malgré les divers retournements de la royauté qui sont nuisibles au prieuré, la cathédrale de Kingsbridge finit par être bâtie et consacrée. Ce n'est donc pas, au final, la loi du plus fort qui triomphe dans *Les Piliers de la Terre*.

UNE TOILE DE FOND HISTORIQUE

L'histoire des *Piliers de la Terre* contient de nombreux faits marquants de l'histoire d'Angleterre :

- au début du récit, on apprend le naufrage de *La Blanche-Nef* – qui a réellement eu lieu en 1120 – et, avec lui, la disparition du fils d'Henri Ier (1069-1135), l'héritier du trône d'Angleterre ;
- tout au long du récit se déroule la guerre civile (1135-1153) qui oppose Mathilde l'Emperesse (1102-1167) – ou Maud dans le roman –, la fille du roi Henri Ier alors défunt, à Étienne de Blois (1097-1154), son neveu. Tous deux se disputent la couronne d'Angleterre ;
- la fin du roman est marquée par l'assassinat de Thomas Becket (1118-1170), archevêque de Canterbury, et la punition symbolique du roi Stephen, aussi appelé Étienne de Blois.

À plusieurs reprises, Ken Follett fait se croiser grande et petite histoire. En raison de cette toile de fond historique, le roman de Ken Follett peut être considéré comme un roman historique. Ce genre a pour caractéristique majeure de mêler des évènements et des personnages réels, qui servent principalement de cadre au récit, à des faits et à des protagonistes fictifs. Ici, si le contexte historique renvoie à la réalité, de même que certains noms, les personnages principaux (Tom, Jack, Aliena, Philip, Ellen, etc.) sortent tout droit de l'imagination de l'auteur de même que leurs aventures.

LE RÔLE DES FEMMES
DANS *LES PILIERS DE LA TERRE*

Le roman est découpé en six parties, elles-mêmes regroupées dans deux segments portant les noms d'Ellen, pour le premier et d'Aliena pour le second, là où on aurait pu s'attendre à voir plutôt apparaitre les noms de Tom puis de Jack. Cela est révélateur de l'importance des femmes dans le récit.

Ellen est présentée comme une femme presque surnaturelle, dont l'existence pourrait relever du lai féérique (textes médiévaux souvent galants mettant en scène la rencontre entre un chevalier et une fée). Quand, au début du roman et après la mort d'Agnès, elle réapparait pour sauver Tom, elle est décrite comme un ange : « Au bout d'un moment, un faible soleil finit par percer et peu après, l'ange arriva. » (p. 85) On dit des yeux dorés d'Ellen qu'ils peuvent percer l'âme. Le terme « sorcière » apparait de façon explicite et elle effraie les trois hommes qu'elle a maudits lors de l'exécution de Jack Shareburg. Elle est auréolée de mystères et semble appartenir au monde de la forêt, qu'elle quitte par amour pour Tom et dans lequel elle retournera lorsque plus rien ne la retiendra à Kingsbridge. Elle est indépendante, n'hésitant pas à tenir tête à des hommes plus puissants, comme Waleran, William Hamleigh, et dans une moindre mesure, Philip.

Aliena est une forte tête, et ce, dès le début du roman. Elle se refuse à William Hamleigh et est en cela soutenue par son père qui lui laisse le choix de rejeter son prétendant.

Aliena, comme Ellen est une femme indépendante, mais qui le devient par la force des choses. Les nombreuses épreuves qu'elle affronte dans la vie la forgent. Elle est motivée par la promesse qu'elle a faite à son père lors de sa visite en cellule : celle de récupérer le comté de Shiring. Elle devient alors l'éminence grise derrière son frère Richard, celle qui lui servira de « mécène », s'occupant en coulisses de fournir de la puissance à ce dernier. Elle gravit tous les échelons de la société médiévale dans le roman. Après avoir été violée et avoir erré sans but, elle se retrouve dans une ville où elle échappe de peu à la prostitution, apprend le métier du foulage avant de se lancer dans le commerce de la laine, commerce qui finira par devenir fleurissant et fera sa fortune. Finalement, elle parvient à reprendre la place qui lui revient de droit à Shiring. *Les Piliers de la Terre* raconte en grande partie la lente ascension sociale d'Aliena, par ses propres moyens.

Regan Hamleigh et Maud sont toutes les deux des femmes de pouvoir, ambitieuses, et prêtes à tout pour l'obtenir. Maud n'intervient jamais directement dans le roman. Mais son nom intervient à plusieurs reprises, et, plus que la femme, c'est le stratège qui nous est présenté. Regan, de son côté, est, avec Waleran, l'ennemi le plus redoutable du groupe de Kingsbridge. Dès son apparition, elle est présentée comme le cerveau de la famille Hamleigh. Elle comprend les rouages du pouvoir et maitrise la politique. Elle utilise ses atouts pour permettre à sa famille de s'élever, et y parvient, propulsant par son intelligence son mari Percy à la tête du comté de Shiring. C'est après son décès que William Hamleigh commence à enchainer les erreurs qui le mèneront à sa perte, alors qu'il est privé de la tête pensante de la famille.

Les principaux personnages féminins dans *Les Piliers de la Terre* sont donc des femmes de pouvoir, des femmes d'influence qui participent activement à l'intrigue complexe qui entoure l'édification de la cathédrale de Kingsbridge. « Derrière chaque grand homme se cache une femme », écrivait Gabriel Legouvé (poète français, 1764-1812) ; on peut constater que Ken Follett souscrit à ces propos.

UN RÉCIT FAIT D'OPPOSITIONS

Dans *Les Piliers de la Terre*, les conflits sont légion. Tout le récit se fonde sur un ensemble d'opposition de conceptions qui mène les personnages à s'affronter les uns les autres. Parfois, les alliés eux-mêmes se transforment en opposants. Le prieur Philip, par exemple, agit contre Tom, son allié, alors qu'il essaye d'éloigner Ellen de Kingsbridge, et contre Jack alors qu'il essaye à tout prix d'en faire un clerc. Deux grandes dualités ressortent dans le roman : celle qui oppose les ambitions personnelles à des velléités plus objectives, et deux conceptions radicalement opposées de l'amour.

Les ambitions sacrées se confrontent aux ambitions per-sonnelles. C'est d'ailleurs l'élément clé qui permet, dans le roman, de savoir quel personnage est bon ou mauvais. C'est la principale ligne morale de l'œuvre. D'un côté se trouvent les personnages qui agissent pour leurs propres intérêts, comme William Hamleigh, Waleran Bigod, ou dans une moindre mesure frère Remigius (moine ambitieux et jaloux de Philip qui trouvera la rédemption quand il mettra de côté son orgueil pour retourner à Kingsbridge comme simple moine) ; de l'autre, des personnages qui agissent pour le bien commun ou le sacré, c'est le cas de Tom qui veut bâtir une cathédrale pour Dieu, mais aussi pour sa femme Agnès dont les derniers mots furent « Bâtis pour moi une belle cathédrale » (p. 78). Philip aussi est obnubilé par l'idée de faire de Kingsbridge un prieuré florissant à la gloire de Dieu. Jack, de son côté, semble surtout vouloir honorer la mémoire de Tom quand il devient maitre bâtisseur à son tour (bien qu'il le fasse aussi par plaisir). Aliena, elle, agit pour rendre à son frère son titre de comte afin d'honorer la promesse faite à son défunt père. Deux conceptions de la vie s'affrontent donc dans *Les Piliers de la Terre* : les besoins individuels et ceux qui surpassent l'individu seul.

L'amour aussi est une force importante dans le roman. On trouve d'un côté l'amour pur, celui qui unit deux personnages, qui leur donne la force de continuer à aller de l'avant en dépit des difficultés et une autre version plus tordue, plus malsaine de l'amour, qui, cette fois, pousse à faire des horreurs. Ellen et Tom ainsi qu'Aliena et Jack sont au centre des deux principales histoires d'amour du roman. Ellen sauve Tom au moment où il a tout perdu et décide de le suivre, sacrifiant une vie qui lui convenait dans les bois pour le soutenir à Kingsbridge, milieu hostile à une sorcière. Jack, de son côté sauve en un sens Aliena de son ennui et de son traumatisme en la séduisant. À l'opposé de cet amour salvateur se trouve celui, pervers qui pousse à vouloir s'approprier l'être aimé et à le détruire. Aliena en est deux fois la victime. William Hamleigh ne hait pas Aliena, bien qu'il veuille la détruire. Son amour est devenu obsessionnel et le pousse à vouloir lui faire du mal (« La garce, pensa William, la garce. Mais ses insultes, contrairement à celles de sa mère, ne contenaient pas de venin », p. 180). Ce qu'il veut, c'est la posséder à tout prix. Il en va de même pour Alfred, bien qu'il l'utilise pour atteindre un autre objectif. Ce dernier est bien attiré par Aliena, mais il veut surtout l'éloigner de Jack qu'il hait. Pour Alfred, Aliena est un moyen de faire du mal à son rival. Ainsi, il n'éprouve pas plus d'intérêt pour elle une fois qu'il l'a épousée, la faisant coucher au sol et la répudiant aussitôt qu'elle a mis au monde le fils de Jack.

LE VOYAGE DE JACK, UNE QUÊTE INITIATIQUE

À côté de ces différentes luttes et oppositions, on retrouve également le thème de la quête initiatique à travers le personnage de Jack Jackson. Désespéré par le mariage d'Aliena et d'Alfred, le jeune homme quitte l'Angleterre et s'exile un long moment à Tolède, en Espagne. C'est là le début d'un roman dans le roman, une parenthèse dans l'édification de la cathédrale dont le chantier est interrompu suite à l'effondrement de la voute posée par Alfred. Ce voyage est intéressant dans la mesure où il traduit le passage de Jack à l'âge adulte.

Parti pour Saint-Jacques-de-Compostelle dans le but de trouver des informations sur son père, Jack arrive à Tolède où il se lie d'amitié avec Rachid al-Haroun, « un sarrasin baptisé qui avait fait fortune en important des épices d'Orient, du poivre surtout » (p. 732). Grâce à lui, Jack entre en contact avec la science arabe et découvre des ouvrages d'auteurs qui avaient alors disparu du monde occidental (Euclide est notamment cité). Ce passage chez Rachid lui permet d'élargir ses horizons intellectuels et de gagner en sagesse. À certains égards, on pourrait presque mettre ce passage en parallèle avec l'épisode du Huron emprisonné dans *L'Ingénu* (1767) de Voltaire (écrivain français, 1694-1778). On retrouve en effet un personnage isolé, exclu de son monde d'origine, qui se plonge pleinement dans l'étude. Ken Follett, à la faveur de ce passage, évoque par ailleurs les nombreux échanges qui eurent lieu entre le monde arabe et le monde occidental au XII siècle. Quand il repart de Tolède, Jack a atteint un niveau élevé de sagesse.

Après s'être refusé à Aïcha, la fille de Rachid, Jack part vivre à Paris. Il découvre notamment la basilique Saint-Denis et apprend de nouvelles façons d'appréhender son métier de bâtisseur, de nouvelles techniques. Ayant engrangé en Espagne suffisamment de sagesse, Jack est prêt à poser un regard nouveau sur son métier, pour y apporter des idées innovantes : « Jack frotta son cou douloureux à force de regarder en l'air. Il éprouvait plus de jubilation que si on venait de le couronner roi. Voilà, songea-t-il, comment il allait bâtir sa cathédrale. » (p. 751)

Ce voyage, après lui avoir permis de devenir plus sage et d'affermir son expérience de bâtisseur, achève d'en faire un homme accompli en dégageant la plupart des zones d'ombres concernant sa famille. Il découvre, lorsqu'Aliena le retrouve, qu'il a un fils, mais c'est à Cherbourg que lui est faite la plus importante des révélations : l'identité de son père (Shareburg étant l'anglicisation de Cherbourg) en même temps que l'existence de sa famille (« Jack découvrait enfin la famille qui lui avait tant manqué : les parents de son père. Il n'était plus seul au monde. Il avait retrouvé ses racines », p. 769).

Ce voyage façonne le personnage de Jack et lui permet de grandir. C'est après avoir accompli ce parcours initiatique que le jeune homme parvient à prendre les rênes de la construction de la cathédrale de Kingsbridge en obtenant le poste de maitre bâtisseur qui lui revenait de droit. Et c'est une fois que Jack est revenu que l'intrigue peut reprendre son cours. Après ce voyage, Jack n'est plus le successeur spirituel de Tom le Bâtisseur. Il devient un personnage à part entière, avec son vécu, et ses aspirations propres.

QUELQUES QUESTIONS POUR APPROFONDIR SA RÉFLEXION...

- Quels sont les principaux éléments perturbateurs qui viennent entraver la construction de la cathédrale de Kingsbridge ?
- L'ambition touche plusieurs personnages des *Piliers de la Terre*, de manière assez différente. Expliquez.
- À quel(s) niveau(x) existe-t-il des liens entre le récit historique et la fiction ?
- Quelles sont les ressemblances et les différences entre les personnages d'Ellen et de Philip ?
- Selon vous, pourquoi Ken Follett fait-il intervenir des personnages historiques dans son roman ?
- Expliquez le fonctionnement du système des personnages dans le roman.
- Quelles sont les raisons de la rivalité entre Alfred et Jack ? Développez votre réponse.
- Pourquoi l'action du roman se déroule-t-elle sur un demi-siècle, à votre avis ?
- Les faits de violence sont nombreux dans le roman. D'où viennent-ils en général ? Développez votre réponse.
- Comment qualifieriez-vous le tableau que dresse l'auteur de la société au XIIe siècle ?
- Comparez *Les Piliers de la Terre* et sa suite *Un monde sans fin*. Que pensez-vous des similitudes que l'on peut y retrouver ?
- Comparez les personnages des *Piliers de la Terre* à sa suite. Ont-ils des points en commun ?

Votre avis nous intéresse !
Laissez un commentaire sur le site de votre librairie en ligne
et partagez vos coups de cœur sur les réseaux sociaux !

POUR ALLER PLUS LOIN

ÉDITION DE RÉFÉRENCE

- Follett K., *Les Piliers de la Terre*, Paris, Stock, 1990.

ÉTUDE DE RÉFÉRENCE

- Site officiel de Ken Follet, consulté le 9 novembre 2016, http://ken-follett.com/

ADAPTATION

- *Les Piliers de la Terre*, minisérie télévisée en huit épisodes, Allemagne-Canada, 2010. Malgré quelques changements, celle-ci est relativement fidèle à l'œuvre de Ken Follett.

ISBN version numérique : 978-2-8062-5364-4
ISBN version papier : 978-2-8062-5368-2
Dépôt légal : D/2013/12603/111

Avec la collaboration de Nasim Hamou pour les chapitres « Le rôle des femmes dans *Les Piliers de la Terre* », « Un récit fait d'oppositions » et « Le voyage de Jack, une quête initiatique ».

Conception numérique : Primento,
le partenaire numérique des éditeurs.

Ce titre a été réalisé avec le soutien de la Fédération Wallonie-Bruxelles, Service général des Lettres et du Livre.

Retrouvez notre offre complète sur lePetitLittéraire.fr

- des fiches de lectures
- des commentaires littéraires
- des questionnaires de lecture
- des résumés

ANOUILH
- Antigone

AUSTEN
- Orgueil et Préjugés

BALZAC
- Eugénie Grandet
- Le Père Goriot
- Illusions perdues

BARJAVEL
- La Nuit des temps

BEAUMARCHAIS
- Le Mariage de Figaro

BECKETT
- En attendant Godot

BRETON
- Nadja

CAMUS
- La Peste
- Les Justes
- L'Étranger

CARRÈRE
- Limonov

CÉLINE
- Voyage au bout de la nuit

CERVANTÈS
- Don Quichotte de la Manche

CHATEAUBRIAND
- Mémoires d'outre-tombe

CHODERLOS DE LACLOS
- Les Liaisons dangereuses

CHRÉTIEN DE TROYES
- Yvain ou le Chevalier au lion

CHRISTIE
- Dix Petits Nègres

CLAUDEL
- La Petite Fille de Monsieur Linh
- Le Rapport de Brodeck

COELHO
- L'Alchimiste

CONAN DOYLE
- Le Chien des Baskerville

DAI SIJIE
- Balzac et la Petite Tailleuse chinoise

DE GAULLE
- Mémoires de guerre III. Le Salut. 1944-1946

DE VIGAN
- No et moi

DICKER
- La Vérité sur l'affaire Harry Quebert

DIDEROT
- Supplément au Voyage de Bougainville

DUMAS
• Les Trois
  Mousquetaires

ÉNARD
• Parlez-leur
  de batailles,
  de rois et
  d'éléphants

FERRARI
• Le Sermon sur la
  chute de Rome

FLAUBERT
• Madame Bovary

FRANK
• Journal
  d'Anne Frank

FRED VARGAS
• Pars vite et
  reviens tard

GARY
• La Vie devant soi

GAUDÉ
• La Mort du
  roi Tsongor
• Le Soleil des
  Scorta

GAUTIER
• La Morte
  amoureuse
• Le Capitaine
  Fracasse

GAVALDA
• 35 kilos d'espoir

GIDE
• Les
  Faux-Monnayeurs

GIONO
• Le Grand
  Troupeau
• Le Hussard
  sur le toit

GIRAUDOUX
• La guerre de
  Troie
  n'aura pas lieu

GOLDING
• Sa Majesté des
  Mouches

GRIMBERT
• Un secret

HEMINGWAY
• Le Vieil Homme
  et la Mer

HESSEL
• Indignez-vous !

HOMÈRE
• L'Odyssée

HUGO
• Le Dernier Jour
  d'un condamné
• Les Misérables
• Notre-Dame
  de Paris

HUXLEY
• Le Meilleur
  des mondes

IONESCO
• Rhinocéros
• La Cantatrice
  chauve

JARY
• Ubu roi

JENNI
• L'Art français
  de la guerre

JOFFO
• Un sac de billes

KAFKA
• La Métamorphose

KEROUAC
• Sur la route

KESSEL
• Le Lion

LARSSON
• Millenium 1. Les
  hommes qui
  n'aimaient pas
  les femmes

LE CLÉZIO
• Mondo

LEVI
• Si c'est un
  homme

LEVY
• Et si c'était vrai…

MAALOUF
• Léon l'Africain

MALRAUX
- La Condition humaine

MARIVAUX
- La Double Inconstance
- Le Jeu de l'amour et du hasard

MARTINEZ
- Du domaine des murmures

MAUPASSANT
- Boule de suif
- Le Horla
- Une vie

MAURIAC
- Le Nœud de vipères

MAURIAC
- Le Sagouin

MÉRIMÉE
- Tamango
- Colomba

MERLE
- La mort est mon métier

MOLIÈRE
- Le Misanthrope
- L'Avare
- Le Bourgeois gentilhomme

MONTAIGNE
- Essais

MORPURGO
- Le Roi Arthur

MUSSET
- Lorenzaccio

MUSSO
- Que serais-je sans toi ?

NOTHOMB
- Stupeur et Tremblements

ORWELL
- La Ferme des animaux
- 1984

PAGNOL
- La Gloire de mon père

PANCOL
- Les Yeux jaunes des crocodiles

PASCAL
- Pensées

PENNAC
- Au bonheur des ogres

POE
- La Chute de la maison Usher

PROUST
- Du côté de chez Swann

QUENEAU
- Zazie dans le métro

QUIGNARD
- Tous les matins du monde

RABELAIS
- Gargantua

RACINE
- Andromaque
- Britannicus
- Phèdre

ROUSSEAU
- Confessions

ROSTAND
- Cyrano de Bergerac

ROWLING
- Harry Potter à l'école des sorciers

SAINT-EXUPÉRY
- Le Petit Prince
- Vol de nuit

SARTRE
- Huis clos
- La Nausée
- Les Mouches

SCHLINK
- Le Liseur

SCHMITT
- La Part de l'autre
- Oscar et la
  Dame rose

SEPULVEDA
- Le Vieux qui
  lisait des romans
  d'amour

SHAKESPEARE
- Roméo et Juliette

SIMENON
- Le Chien jaune

STEEMAN
- L'Assassin
  habite au 21

STEINBECK
- Des souris et
  des hommes

STENDHAL
- Le Rouge et
  le Noir

STEVENSON
- L'Île au trésor

SÜSKIND
- Le Parfum

TOLSTOÏ
- Anna Karénine

TOURNIER
- Vendredi ou
  la Vie sauvage

TOUSSAINT
- Fuir

UHLMAN
- L'Ami retrouvé

VERNE
- Le Tour
  du monde
  en 80 jours
- Vingt mille
  lieues sous
  les mers
- Voyage au
  centre de
  la terre

VIAN
- L'Écume des jours

VOLTAIRE
- Candide

WELLS
- La Guerre des
  mondes

YOURCENAR
- Mémoires
  d'Hadrien

ZOLA
- Au bonheur
  des dames
- L'Assommoir
- Germinal

ZWEIG
- Le Joueur
  d'échecs